河原吉人
KAWAHARA Yoshihito

一般情報理論

エンタメの奥義、
漫画家になる方法、
売れる映画、ドラマ、
漫画、小説の作り方

文芸社

はじめに

この一般情報理論を書いたのには目的があります。ズバリ売れるエンタメの作成法です。

本理論は映画やドラマや漫画や小説でお金を儲けるには、商業的成功を収めるためにはどうしたらいいかということについて考え、生まれた理論なのです。ですから、芸術性とか美しさとかは、関係ありません。

元々、この理論は、鳥山明という漫画家が『Dr.スランプ』という漫画を描いてヒットし、いきなり年収が5億円になったという話を私が聞いたことから生まれました。「どうしたらそんなことが可能なんだろう?」「なぜたいした原価もかかっていない白い紙が何億円にもなるんだろう?」「俺も一発当ててみたい」と思ったのです。

お金を儲けるための、コンテンツの作り方なのです。

映画やドラマ、漫画でお金を儲けるにはどうしたらいいか？

なぜ、ヒットする映画、ドラマ、漫画がある一方、全く商業的に成功しないコンテンツがあるのか？

出た結論は「人間の興味は人間である」ということで、これは発見でした。人間は世界を一律には見ていないのです。これは、要するに麻薬の成分を発見したのと同じだと思います。

本書は、映画、ドラマ、漫画、小説などのコンテンツでいかにしてお金を儲けるか、商業的に成功を収めるか。その一点に絞っての「情報理論」なのです。

私は漫画家になりたかったのですが、なることはできませんでした。なぜだろう？　と、ずっと考えていました。

結局、この理論を組み立てるのに30年以上かかってしまいました。理論はあちらこちらの本から借りてきて、それを組み合わせたものです。

欲がもともとの始まりです。

映画、ドラマ、漫画、小説を作って、経済的成功を収めるにはどうしたらいいか？　それを解き明かすこと。それが、この「一般情報理論」が書かれた目的です。

もくじ

一般情報理論公理

公理1

人間の興味は人間である、ゆえに芸術の本質は人間を描くことである。
野球でもサッカーでも試合の結果を見にいく人はいない、人間を見にいくのだ。

公理2

ストーリーとは、世界は無限であるのに認識は有限であるという矛盾の展開である。

公理3

ストーリーとは、罪→罰→復讐→罪→罰→復讐→罪という復讐のプロセスである。

公理4

ストーリーとは、貢献→報酬→努力→貢献→報酬→努力……といった、努力のプロセスである。

公理付属

ストーリーとは、目的を持った人間の変化する、変化していく人間の心を描くことである。

ストーリーとは、善と悪の戦いを描くことである。

ストーリーとは、質問の連鎖である。質問→質問→質問→……

公理主義

前項の「一般情報理論」は、公理によって作られています。

では、公理とは何でしょうか?

数学を例に説明していきましょう。

数学の本質を知らずして、社会生活を営むことは不可能に近いといえます。つまり、数学的発想こそが、現代社会を成立させ、充実させる基盤そのものなのです。

さて、この基本発想、近代数学の始まりはギリシャにありました。

もちろん、数学そのものは、インドにもあったし古代中国にもありました。また、エジプト、マヤ文明、バビロニアにもありました。しかも、その内容は、相当高度なものであったと推測されています。

さらにまた、古代インドでも、貴重な「ゼロ」の発見をしています。

しかし、それらの数学は、本質的な意味において、近代数学とは根本的に異なるものでした。

近代数学の始まりはあくまでギリシャであり、それほどギリシャの数学は素晴らしいものであったのです。では、ギリシャの数学のどこが素晴らしかったのでしょうか。一言で言えば、それは公理主義ということです。

なお、公理とは、「その他の命題を導き出すための前提として導入される最も基本的な仮定」のことです。

公理主義とは、雑然とした知識が単に並べられているのではなくて、例えばユークリッドの幾何学で言えば、5つの公理だけをまず仮定します。言い換えれば、それ以外は何も知らなくてすむわけです。つまり、後の問題がこの公理からすべて導き出せるという、素晴らしい構造になっているのです。しかも、その導き出す手段は形式論理学（日常言語を用いずに、三段論法、前件肯定式、後件否定式、記号論理学など）に限られています。

ということは、ユークリッド幾何学のすべての定理がたった5つの公理で説明できるということであり、この点が、古代ギリシャとその他の古代国家で発展した数学との決定的な相違なのです。

それから、もう一つ大事なことは、使用される論理学が特定されているために、「証明されたか、証明できなかったか」が、一義的、客観的に、つまり誰の目にもわかるということ。言い換えれば、曖昧さは微塵もないということなのです。

そこで、必然的に幾何学は学問の理想と見なされることになり、プラトンのアカデマイヤー（プラトンがアテナイで開いた学校）の看板に、「幾何学を知らざるもの、わが門に入るべからず」と書かれているわけです。

日本人というのは論理が苦手です。

論理を駆使して、例えば、私が大学教授の学説をコテンパンにして、最後に「あなたの言っていることは事実と違う」とでも締めくくれば、私は社会的に殺されるでしょうな。

日本人は、論理を非常に嫌います。

大切なのは体面であり、感情だからです。

だから、論理を用いて話をすると、それがいくら事実として正しくても、「空気が読めないやつ」とか何とか言われて、スポイルされてしまう。

本当は、学問というのはそれではいけないと思うのですが。

命題

理論を構築するときに、まず「命題」をきちんとしておかなければなりません。

命題とは、論理学では判断を言語で表したものとされています。わかりやすく言うと「AはBである」とかいう文章のことです。この命題は、真または偽に分けられると教科書に書いてあります。

ただし、真とも偽とも言えない、「何とも言えない命題」というのもあります。

例えば、
神は存在する。

仏は存在する。

天国は存在する。

地獄は存在する。

霊は存在する。

輪廻転生はある。

などです。

例えば、神様というのは一人一人の心の中には確かに存在するのでしょうが、神様が自分の誕生日にプレゼントを持ってきてくれたという経験を持っている人はたぶんいないと思います。

ですから、神が存在するという命題は、真とも偽とも言えない、何とも言えないものとしか言いようがありません。証明しようがないのです。

仏様だって、実際仏様が突然目の前に現れて握手してくれた経験をした人っているのでしょうか？　少なくとも私は聞いたことありません。

天国は存在するのでしょうか？　地獄は存在するのでしょうか？　霊は存在す

るのでしょうか？

　これらは結局、真とか偽とか言えない命題なのです。

　エンターテインメント作品を作るにあたって形式論理学を用いるときは、真の命題だけを用いて論理、ストーリーを展開すると、多くの人に受け入れられる作品ができます。

　客観的に、多くの人が事実として受け入れていることのみでストーリーを組み立てるのでわかりやすくなるのです。

　人間は自分の観念で自分の世界を持っています。客観的な外の世界、実在する世界はあるのでしょうが、人間は完全には認識することはできません。

　ですから、自分の世界と違ったものに触れると反発したり、迫害したりすることもあります。

世界とは何か？　というのは非常に難しい問題です。
観念論は一律に間違いなのか？
そうとも言えません。
例えば、お金。
お金は、事実としてはただの紙ですが、価値あるものとして流通します。
観念論も唯物論も、どちらが正しいかは言えないのです。

罪の種類

「ストーリーとは、罪→罰→復讐→罪→罰→復讐→罪という復讐のプロセスである」

これは一般情報理論の「公理3」にあたる重要な公理ですが、では罪の種類についてはどんなものがあるでしょうか？

罪の種類には次のようなものがあります。

1、状況によって違う罪
2、殺人、殺生
3、体制に逆らう罪
4、体制に逆らわない罪
5、間違った男女関係（風俗へ行くとか、不倫とか、SEXスキャンダル）
6、嘘をつくこと
7、人のものを盗むこと

8、法律に違反すること
9、酒を飲みすぎること
10、金銭にだらしないこと、生活がいい加減なこと
11、ケチ
12、人の悪口
13、人の道にはずれたことをすること
など、などです。

私の話――「一般情報理論」に至るまで

この項では、これまでに書いた「一般情報理論」についてお話ししようと思い

ます。

何故この一般情報理論を書くに至ったのか?

それは、私が今から約40年前、1980年代に、漫画で一儲けしようと考えたことから始まりました。

当時私は高校生。進学校に入学したのですが、完全に落ちこぼれてしまいました。成績はビリだったと思います。

そんな私が考えたこと。「人生一発逆転」です。

当時、鳥山明という漫画家が、『Dr.スランプ』という漫画を描いて大ヒットし、いきなり年収が5億円になったとニュースになりました。

私は、これだと思いました。

漫画家になれば、人生一発逆転が狙える!

では、どうすれば売れる漫画が描けるか?

そのことを、ずーっと考えるようになったのです。

友人に「売れる漫画や映画ってなんだろう？」と尋ねたところ、「それは、エロとグロとナンセンスだよ」との答えでした。

私が大学生の時、下手くそな漫画を描いて集英社に持ち込んだところ、編集者は言いました。

「ゲスだな……」

全然、失敗でした。

私はその頃、ある大学の工学部に一浪して入学していたのですが、結局大学4年間の間に、売れる漫画や映画に関する研究の進展はありませんでした。

漫画家になろうとしていたのに絵が全く描けませんでした。

絵が描けるようになるにはどうしたらいいんだろう？　面白いストーリーを作るにはどうしたらいいんだろう？

私は、高校時代1年間に3000冊の本を読んでいたことがあります、そして、ちょうどその頃ビデオが発明されて、レンタルビデオ屋さんがたくさんできました。私は貪るようにビデオを見て、本を読みました。

そして、私は精神を病んでいったのです。

ただ、この頃、メディアのハードウエアの進歩は著しく、それに伴い、情報を売るための技術は時代が求めていたものだともいえます。

「創造的な人物もやはり所与の条件を考慮に入れなければならない。未来において創造されうるのは、すでに現在の中に芽として隠されているものだけであるともいえる。したがって、どんな活動的な人も既存の諸条件からその帰結を引き出しているだけである。」

（J・A・シュンペーター、八木紀一郎他訳『経済発展の理論』）

大学時代には、小室直樹氏、聖書、弁証法の本など、あらゆる本を読み、思想的には混乱していました。

弁証法の本に「量は質に転化する」という一節があったので、下宿で「レポート用紙に何回書き取りをしたら記憶になるか、覚えられるか」ということを実験した結果、120回同じものを書き取りすれば覚えられるという結論に達し、約40年、覚えなければならないものは120回書き取りをしています。

この頃の映画などの状況について、ムツゴロウ、畑正憲氏はこう言っていました。

「売れない――と記したけれども、才能がないという意味ではないのである。日本映画の監督は、ほんの数人を除いて、みんな売れない監督なのである。映画産業が落ち目になったこともあるが、才能があるものが少なかったせいだと思う。オリジナリティーにあふれた、作品を作ろうとせず、自分たちの中で権威者を作り出し、井の中の蛙であり、威張ってばかりいたので衰弱してしまったのである。」
「映画の関係者って、よほどお腹を空かせているんですね。」

（畑正憲『ムツゴロウ麻雀物語』より）

映画、ドラマ、漫画、小説、これらの仕事は、やりたい人は大変多く、人気の仕事でしたが、収益を出すのが非常に難しいのです。大金をかけても、オオゴケする映画などが後をたたなかったのでした。

私は成功した（？）映画などをビデオなどで見ていました。チャップリンの「黄金狂時代」、団鬼六の「美教師地獄責め」などは印象に残った作品です。

私は東京で就職しましたが、バブルが崩壊して実家に戻ってきていました。で、公務員になろうと勉強していたのですが、同時に情報論についても考え続けていました。

公務員試験は「量は質に転化する」ということで120回の書き取りをしました。書いて、書いて、書いたために、私の記憶によると、筆記の偏差値は95、全国2番の成績でした。昔、中国の科挙という国家公務員試験では1番から5番までの合格者を「一甲（いっこう）」と言ったそうです。とするならば、私は「一甲」であったわけです。

私は工学部の出身でしたが、ここで、法律、経済学、政治学などの知識も身につけることができました。

しかし、全て、面接で落とされてしまったのです。

公務員試験の面接で落とされる人はあまりいないので、どうしてなのかと、今でも恨みに思っています。

実家の離れに2年と少し籠って公務員試験の勉強をしていたのですが、結局、公務員にはなれませんでした。

何で、面接で落とされるんだ……。

ところが、そんな時一つの事件が起きたのです。

「松本サリン事件」です。

その頃、私は貯金もほとんどなく、昼ごはんはいつもチキンラーメンでした。2年以上チキンラーメン2袋を毎日毎日食べ続けたせいか、脂肪肝になってしまったのです。

公務員試験の面接で落とされ続けた私を見かねた父親が、一人の老人を私に紹介してくれました。

酒井義則(さかいよしのり)という人です。

酒井さんは、山の麓の古い大きな木造のあばらやの家に住んでいました。その頃、私の研究（情報論）の進展に一つの飛躍（gap）がありました。

夜中にふらっと寄ったコンビニエンスストアで一冊の本を見つけたのです。それは、『鳥山明のヘタッピマンガ研究所』でした。大人気漫画家の鳥山明氏が漫画の描き方を詳しく説明した作品です。

その『ヘタッピマンガ研究所』に、「漫画とは人間を描くことだ」という言葉がありました。

私は、ここで閃きました。

「人間の興味は人間である、ゆえに芸術の本質は人間を描くことである。サッカーでも野球でも、試合の結果を見に行く人はいない、人間を見に行くのだー」

こうして、一般情報理論の公理1が出来上がりました。

研究が一歩進んだので嬉しくて、匿名で放送局にこの公理を送りつけました。するとこの後、日本のテレビでは、続々と「人間ドラマ」が作られ続けることになりました。NHKの「プロジェクトX」などの始まりです。……Xって誰のことでしょう?

経済学において、何が「価値」なのかは議論のあるところです。価値に応じて価格=値段が付くわけですが、それでは商品の本質的な価値とは何か? これは、近代経済学では「効用価値説」と言われるものです。

効用とは「満足とか喜びを表す感覚のこと」です。これに価値があり、価格がつくのだというのです。

これと対立するのは「労働価値説」で、マルクスなどが有名です。「労働価値説」も捨てがたい学説ですが、今ではあまり流行(はや)らないみたいです。

現代では、経済学の価値論は「限界効用価値説」に収束しているそうですが、経済学の細かい話にはここでは踏み込まないことにします。

ともかく、人間の興味は人間であるというわけです。

麻薬が人間に快楽をもたらす効果があるために非常にお金になるのと同じで、人間を描写するということは、それを受け取る側に満足とか喜びの感覚を与え、貨幣価値を持つということなのです。

要するに、売れる漫画を描くということはただの白い紙に付加価値をつけるという作業なのであります。


さて、父が私に紹介してくれた酒井義則さんに実際に会いにいって、私が公務員試験の面接に受からないと言ったら、酒井さんは「国がいいか、県がいいか、市がいいか」と言いました。

「私は家が近いから○○市がいいです」と言ったら、すぐ○○市の臨時職員にしてくれたのです。

酒井さんとはどんな人か話を聞いたところ、酒井さんは戦時中、大日本帝国参謀本部にいて、天皇陛下のすぐそばにいたそうなのです。

終戦後、酒井さんは軍の命令書を更埴の自宅で焼いたそうですが、ＧＨＱの家宅捜索の第1号だったとも聞きました。

私の記憶が確かならば、戦後、アメリカが持ってきた最初の憲法草案が「日本はアメリカの一州になる」というものだったそうで、天皇陛下はマッカーサーと拳銃とパイナップル爆弾を持って交渉され、日本は独立国として残ったそうです。その拳銃とパイナップル爆弾を持っていったのが酒井さんだったそうです。

酒井さんが言うには、酒井さんは戦後、内閣情報室のナンバー1だったそうです。ナンバー1は9人いたそうですが、今では生きているのは酒井さんと、元首相中曽根康弘さんだけだということでした。

私は、松本市に臨時職員として採用されたのですが、「お前がサリン事件の犯人だ」と言われて、クビになってしまったのでした。マスコミの人は代わるがわる私の顔を見ていって、ある女性記者は私を見て「さびしい人」と言って去っていきました。私は「思想良心は自由だ」と思っていたのですが、私の居場所はどこにもなかったのです。

ただ、この少し前に私は「世の中には顔の見えないシステムが必要だ、空気を制御しなければならない」という論文を書いていました。ちょうどその頃、アメリカ政府はエシュロン（軍事用の世界諜報ネットワーク）というものを4兆円かけて作り上げていました。スーパーコンピューターを何千台も装備し、あらゆる通信、メール、電話、個人を盗聴し、メディア、TVに情報を集めたといわれています。通信衛星までも使い、目立った人物の情報を吸い上げたそうです。アメリカでは、個人の盗聴はけしからん、と裁判にまでなりましたが、不思議なことに、日本人はあまりプライバシーの傍受は問題にしないようです。

アメリカ政府も「プライバシーというけれど、普通の人を盗聴なんてしないので、安心してください」と開き直ったそうです。

元々、日本人にはプライバシーという概念は存在しないのでしょうか？

私は「○○さん」とか、そのほかいろいろな呼ばれ方をしていました。

さて、人間の興味は人間であるという一つの仮説、一つの公理は見つかりましたが、問題は、「人間とは何か？」ということです。

人間とは何でしょう？　そして、情報量というのは増えたり減ったりするものなのでしょうか？　もし情報量を増やせるのであれば、どうすればいいのでしょうか？

情報量の最適点、つまり情報量が少なすぎると面白くなく、情報量が多すぎると気持ち悪くなる、吐きたくなるとしたら、一番人が心地よく面白さを感じる情報量、中点はどうしたらいいのでしょうか？

まだまだ私の理論の問題は多かったのです。

映画、ドラマ、漫画、小説などを作ることは、一つの世界を作るということでもあります。

人間とは何か？

世界とは何か？

人間という熟語が「人と人の間」と書くように、人間は物理的な個体という面と、社会的な存在という面を持っています。

仏教では「諸法無我」と説き、個人というものはないとまで言い切っていますし、政治でも、アドルフ・ヒトラーは「個人なんてものはない、全体こそ全てだ」とまで言い切っています。

弁証法によると世界とは

1、世界は出来上がったものの諸物の複合体ではなく、過程の産物である。
2、矛盾は観念の中に存在するだけのものではなく、外界において客観的な矛盾としても存在し、あらゆる運動の原理である。

弁証法では、世界はこのように表せます。

さて、私は精神的に参ってしまい、自殺未遂を起こし、精神病院にぶち込まれてしまいました。かの社会学者のマックス・ウェーバーも精神病院で研究したと言います。

私は2年間入院し、その間も研究を進めました。

今考えると、自殺というのは罪なことです。犯罪と言ってもいい。考えてみるとわかるのですが、人は1人で生きているのではないのです。必ず、あなたを愛してくれる人がいます。その人たちはあなたに協力して、あなたの思いを叶えてあげようと思うのです。

ところが、あなたの願いが「死にたい」ということだったら、どういうことになるでしょうか？　あなたの願いを叶えることはあなたを殺すこと、ということになります。自分の愛する人を殺すことが、愛する人の願いを叶えてあげること……ものすごい矛盾になりますよね。

この矛盾はあなたを愛する人を、苦しめることになります。

だから、自殺は罪なんです。

自殺未遂をすると「精神病」つまり、病気だと判定され、治療が必要とされます。

入院中はテレビも見ませんでした、本を読み、書き取りをして、思索を深めていきました。

私の向かいのベッドには、県庁の職員の人が寝ていました。

ある朝、その人は不思議そうな顔をして、私にこう言いました。

「○○さん（仮名）って、はっきりと寝言を言うんだね」

「私、何て言っていました？」

「『ああ、何てキレイだ、おすもうさん』って言っていたよ」

これには、みんなで大爆笑しました。

私は相撲ファンではありませんし、相撲はほとんど見たこともありません。人間の潜在意識って不思議だなぁ……とつくづく思いました。

その頃、一番参考になったのが小室直樹著『宗教原論』という本でした、これは非常な名著でした。キリスト教、仏教、イスラム教、儒教について解説してありましたが、中でも一番参考になったのが仏教についての解説でした。

仏教についてざっと述べますと、仏教ではこの世は苦しみだと説きます。

生まれること、老いること、病気になること、死ぬこと。これを、生老病死と言います。
1、愛するものと別れる苦しみ
2、嫌な人と会う苦しみ
3、欲しいものが手に入らない苦しみ、思い通りにならない苦しみ
4、生きること自体の苦しみ
この四苦と前の四苦を合わせて、四苦八苦と言います。
そして、五戒というものがあります。
1、殺生はいけない
2、間違った男女関係はいけない
3、嘘をついてはいけない

4、人のものを盗んではいけない
5、酒をあまり飲んではいけない
この、戒律というものはキリスト教にも、イスラム教にも、仏教にもあります。
これは、人間が幸せになるための原理なのです。

情報論における「罪と罰」の原理の発見

さて、罪、罪、罪、と呟いていて、ふとトルストイの『罪と罰』が思い浮かびました。

そして、団鬼六の『美教師地獄責め』というSM映画も思い出されました。抵抗する美教師をSM責めで屈服させるという内容の映画でしたが、なんかグッとくるよな？　と思っていたら、ストーリーが「罪↓罰↓復讐↓罪↓罰↓復讐↓罪……」と展開していることに気がつきました。

「あなたたちの思いどおりにはならないわ」(罪)という美人教師を拷問(罰)して屈服させていくのです。つまり、ある意味、復讐のストーリーなのです。要するに、鼻持ちならない美人エリート教師を裸にして縄で縛って、叩いたり、ロウソク責めにしたり、バイブでいかしたりしてプライドを打ち砕き屈服させるのです。作りとしては、よくできていると思います。

この時二つの原理を発見しました。

一つは「罪罰→復讐」というプロセスで情報量が上がるということ。

もう一つは、「貢献→報酬→努力……貢献」の努力のプロセスです。

実生活で必要なのは後者のプロセスで、後者のプロセスは信用を生じるので幸せに生きるには必要です。ですから、あらゆる宗教が悪いことをすると悪いことがあり、いいことをするといいことがあるという教えなのです。

そして、これは事実です。罪を犯して、面白おかしい人生を送ってはいけません、必ず罰を受けます。

　幸せな人生を送るためには、世の中に貢献して信用を作っていく必要があるのです。

　この罪罰復讐のプロセスで有名なドラマは？　というと、そう、米倉涼子主演の「ドクターX」です。

　さて、この頃、情報量は人間と「意外性」によって増えることを発見しました。テレビなどでは、こんなことあるのか？　とか、こんな人いるのか？　といった番組が数多くありますが、要するに意外なことを放送すると、視聴率が取れるのでそうしているのです。反社会的な人とか風俗関係者とか、社会でマイナーな人でもメディアでは重宝されるのはそのためです。

　この意外性によって情報量を増やし、面白く作られた番組は？

　そう、「トリビアの泉」です。

さて、漫画家になるにはどうしたらいいのでしょうか？

これは、すごく難しいんです。

まず、言語、言葉が自由に使えなければなりません。そして、絵が描けなければなりません。

橘玲『事実VS本能　目を背けたいファクトにも理由がある』によると、日本人の3人に1人は日本語の読み書きができない（正しく読解できない）。また、パソコンを使って仕事ができるのは1割以下とのことでした。それでも、日本人の教育程度は世界1位だそうです。

私は20歳を過ぎてから少し絵を練習しましたが全然ダメでした。手塚治虫や鳥山明などの自伝を読んでみると、彼らは小学校に上がる前から、海外の有名なアニメのキャラクターなどを繰り返し繰り返し書いて練習していたそうです。

「量は質に転化する」――人間の脳細胞は同じ120回の刺激で質的に変化するのです。

しかし、絵に関しては若い時の徹底した訓練が必要なことがわかります。やはり3年から5年以上は訓練しなければダメなのではないでしょうか。ただ、120回の書き取りというのは大変時間がかかるし、脳細胞が質的に変化するというのは体に大変な負担のかかるものです。

120回の書き取りをした後は、手のひらの一部が赤くなったり、みみずばれができたりします。肺が痙攣を起こしたり、頭が痛くなって、歯が痛くなったりもしました。ひどい時は、小便を漏らし、大便を漏らし、床に倒れ込んでヒクヒクピクと動けなくなってしまったことがあります。

そんなことを40年も続けてきました。

「量質転化」とはどういうことか

「自然においては質的変化はただ物質または運動の（いわゆるエネルギーの※）量的増加か量的現象によってのみ起こりうる」（※は筆者補足）

エンゲルス

量的な変化が質的な変化をもたらすこと、また質的な変化が量的な変化をもたらすということが、「量質転化」の法則です。

つまり、120回繰り返せば覚えるというのは、量から質への変化。

会社などで、質の高い人材を集めれば売り上げが増えるとか、メディアで質の低いコンテンツは捨て、質の高いコンテンツに集中すれば売り上げが伸びる、というのは質から量への変化です。

また、一定の量までは漸次に増加しても質的な変化がなかったのに、ある量に達すると急に質的な変化を起こすのですから、ここに結節点が存在することを認め、ここで「漸次性の中断」――飛躍（gap）が起こると言います。

つまり、この飛躍という概念が重要です。

飛躍が起きるまでは、何の変化も見られないのです。

ところが、努力を続けていくとある時点で、突然変化が起こるのです。

人間の脳細胞は120回書き取りすると脳細胞に質的な変化が起き、記憶になります。飛躍が起きるのです。

例えば、季節の変わり目でも、突然寒くなったり、突然暑くなったりするものです。

私が日本橋で営業の仕事をしながら時に営業トークを研究していた時に、

1、注意（attention）

2、状況

3、問題
4、解決
5、示唆
6、利益

という順番で情報を伝えると相手に伝わりやすいことが分かりました。これは、ドラマの始まりや、ニュースで使うといいでしょう。

要するに、つかみということですね。

「罪↓罰↓復讐↓罪↓罰↓復讐↓…」

という情報量のあげ方ですが、注意してほしいのは、「罪↓罰↓復讐」で、罪の次に罰が来ないと話が終わってしまうということです。ですから、この公理は罪の連鎖とでも言っていいものです。

罪、罪、罪……と話を続けていってください。

迷信から科学へ――情報論作成の方法

世の中には、分からないことがたくさんあります。

現代の我々は複雑な事象、現象の中から、法則を見つけ、再現性のある法則を用いて、実生活の上で役に立てていかなければなりません。そこで、ここでは、この情報論がどのような武器を用いて作成されていったかについて述べていきたいと思います。

形式論理学

同一律……AはAである。
矛盾律……AはAである。AはBでない。

これら二つの命題は成立することはできない、ともに成立しないこともできない。

排中律矛盾の中間はない。

この形式論理学は何を言っているかというと、ダイヤモンドはダイヤモンド、金は金、銀は銀、鉄は鉄であるということ、矛盾とか浸透とかを考えないということです。

つまり、物の名称をしっかり覚えるということが基本となります。区別して覚える。ということが重要です。

繰り返しになりますが、物の名称をしっかり覚えるには120回の書き取りが効果的です。

人間の興味は人間である、つまり、ストーリーとか絵の綺麗さとか試合の結果ではないと理解することなのです。
区別して記憶すること。これと、あれとは違う、あなたと私は違う――こうした、しっかりと区別された名称から、理論は組み立てられていきます。

論理学

論理学はそれなりに量も多いのですが、ここではいくつかを紹介しましょう。

【前件肯定式】

「AならばB、AそれゆえB」
これはつまり「鳥山明が漫画を描いて5億円を儲けた、ならば鳥山明の考え方を学べば、私も5億円儲けられる」。こういう考え方を論理的だと言うのです。
これからもう少し進めて、

鳥山明は『鳥山明のヘタッピマンガ研究所』という著書の中で「漫画とは人間を描くことだ」と述べている。ということは、

《AならばB》…人間を描く→5億円儲かる。

《AそれゆえB》…私も人間を描く→5億円が儲かる。

と、論理的に考えていけます。

ここで、もう少し考えると「人間の興味は人間なのではないか?」という、仮説が浮かび上がってきます。人間は世界を一様に見ているわけではない。人間は人間を面白い、興味の持てる、関心の中心として世界を見ているのではないか?ということです。

つまり、同じ白い紙に絵を描く場合でも、人間を描写していく紙は経済的価値つまり効用（満足とか喜びとかを表す感覚）を持つのではないのか?　という仮説が生まれます。

この論理学の前件肯定式を用いて、もう一つ考えてみましょう。

「手塚治虫や鳥山明は絵がうまい」
《AならばB》…手塚治虫や鳥山明は、小学校に上がる前からアメリカの有名なアニメ映画のキャラクターを繰り返し、繰り返し書いて練習していた。
《AそれゆえB》…とすると、我々でも、小さい頃から何年か徹底して絵を練習すれば――繰り返し、繰り返し、絵を模写する訓練をすれば、大人になった時に、絵描きや漫画家になれるのではないか？　という仮説が生まれます。

しかし、ここで論理学の「後件否定式」を使用して考えてみましょう。

【後件否定式】
《AならばB。Bでない、それゆえAでない》

《AならばB》…手塚治虫や鳥山明は小さい頃から絵の練習をしていて、上手な絵を描く漫画家になった。

《Bでない、それゆえAでない》…我々は大人であり、もう小さい子供ではない、それゆえ、もう上手な絵描きにはなれない。

となり、仮説は棄却されてしまうのです。

帰納法（induction）

科学的弁証法
人生は一寸先は闇と言われます。その人生の航海の中で何を指針にしていけばいいのでしょう？

私たちは今、21世紀に生きていますが、ここでは科学について考えていきたいと思います。

あなたは、科学とは何だか知っていますか？

あなたは、科学的弁証法について知っていますか？

知らない、答えられないなら、ちょっと注意だと思います。

人間自体は、古代、中世、近代も変わらないのですから、科学的思考法とは何かを知らないということは、とても恐ろしいことです。


それでは帰納法（induction）について説明していきたいと思います。

帰納法とは何か

普通、人は人生を生きるうえで過去の体験や経験を拠り所とします。ここでいう体験とは自分が体をもって感じたことで、「こんな時、こうしたらこうなった。だから、これからはこうしていこう」というものです。

経験とは、本で読んだり、先生の授業を受けたりして「こうすれば、こうなる」ということを学ぶことです。

これらを、それぞれ体験主義、経験主義と言います。

しかし、人生で困ったことにつきあたったらどうすればいいのでしょうか？

人に聞くというのもいい方法ですが、誰にもわからない場合はどうしましょうか？

科学者と呼ばれる人たちは、初めは、法則、真理を発見しようと努力しました。

しかし、現代ではそれらは「模型構築の技術」であると言われています。

科学というのは真理を発見するものではないのです。

ですから、科学というのは間違い、間違っている、というのが前提です。特に社会科学では完全な真理というのはあり得ません。必ず例外というのがあり、100％の法則というのはないのです。

その「模型構築の技術」ですが、その方法が「帰納法（induction）」です。

例えば、ある人がドラマや映画や漫画や小説を作ってヒットさせようと思いました。彼は考えました。「原因から結果が生じる」と。

ここで、その原因と思えることを並べてみます。

1、エロとグロこそヒットの原因である。
2、映像、絵の美しさこそヒットの原因である。
3、凝ったストーリーこそヒットの原因である。
4、かけた制作費の大きさこそヒットの原因である。
5、メッセージ性こそヒットの原因である。

6、人間を描くことこそヒットの原因である。
このようにいろいろありますが、私は考えて、こう言い切ります。

「人間を描くことこそヒットの原因である」

ストーリーも、映像、絵の美しさも、芸術性も関係ない、人間を描くことこそヒットの原因であり、商業的成功の原因である。

これを特称命題から導き出された全称命題と言います。

もちろん、この結論、間違っているのはわかりますよね？　人間を描いても、こける、失敗するドラマ、映画などのコンテンツはあるのです。

しかし、「人間を描くことがヒットの原因である」と言い切ってしまうことから科学の進歩は始まるのです。

ですから、科学は、ものの言い方とか説得の技術であると言われます。人間を描くことが成功の原因であると信じるからこそ、人間とは何か？　と思索を深めていくのです。

「こうすればこうなる」という体験、経験によってできるもの、それが、個人、個人のパラダイム（考え方の枠組み）です。

パラダイムとは、その時代においての支配的なものの見方、考え方と言われますが、当然のことながら絶対的ではありません。誤りを前提としています。前提が誤りなのですから、科学に対する信仰とはあり得ません。科学は宗教ではないのです。

科学で重要なのは法則性（law）とか再現性（reproducibility）と言われるものです。

特に重要なのが、「現実に実績があるのか？」ということです。

「こういう法則がある」という模型を作ったら、現実的妥当性があるか、再現性があるか、厳しく検証されなければなりません。

人間とは何か？

人間の興味は人間である。

それはいいのだけれど、では一体人間とは何なんでしょうか？

仏教というのは何千年もの間、坐禅や瞑想を通じて、人間とは何か？　について考えてきた宗教であるといっても過言ではありません。

仏教の教理に、諸法無我というのがあります。

これは、「私というものは無い」ということで、すべての人はつながりあって、自分というポツンとした個体はない、ということを言っています。

つまり、人間というのは社会的な存在ということです。

最新の社会科学でも、やはり、個人というものは、実際には存在しない、というようなことを言っています。

では、人間はいかにして、社会的な存在としてそこにあるのでしょうか？

人間の集団は、機能集団と共同体に分けられると言います。

実際には、機能集団というのはほとんどなく、人間は複数の共同体に所属して生活を営んでいます。

人類、国家、公務員、企業、会社、町、村、家族、これらのものはすべて、基本的に共同体、コミュニティ（community）です、要するにファミリーということです。

そして、このファミリーには機能があります。

人は、この共同体（community）に生まれるのです。

その生まれ方ですが、まず試練（trial）を受け、そして加入のための儀式（celemony）を受け、加入します。

そして、この共同体をまとめる軸となるものがあります、それが「聖なるもの」です。

この聖なるものには、神や仏、イデオロギー、神格化された指導者、長老などがあり、これらが人々や集団をまとめる軸となります。

そして、これらの集団は敵と戦うこと、祭りを行うことなどで集団を維持していきます。

誕生日、成人式、入社式、結婚式、昇進祝い、葬式などは人生での重要な儀式（celemony）なのです。要するに、共同体とは人の生活の場であり、その集団を維持していくのが一番の目標であり、いわゆる、ウチとソトという性質を持ちながら、ソト（外）の敵とは戦い、ウチ（内）では、仲間との絆を保ちながら集団を維持していくという性質を持ちます。

例えば、キリスト教のカトリックではどんな儀式があるかというと、

1、洗礼
2、許し
3、ご聖体
4、堅信
5、叙階
6、結婚
7、病者の塗油

これらが、キリスト教徒にとって重要な役割を果たす儀式、〝7つの秘蹟〟と

言われているそうです。

共同体の中での儀式には次のようなものがあります。
祭り（festival）
飲み会
正月
クリスマス
お花見
盆踊り
など、など……

試練（trial）、イニシエーション（initiation）から考える

繰り返しになりますが、人間を考える時、人間とはポツンと存在している個体ではないということです。人間は、あくまで社会的な存在なのです。

社会の一員になるために、人間は生まれた時から共同体に属し、生活の場を確保します。そして、人はinitiation（イニシエーション）、試練（trial）をして、さらに、社会での実在を獲得するのです。

例えば、ある共同体では、13歳のなった男たちを集めて立派な戦士、あるいは成人男子と認定するために、例えば20メートルのやぐらの上から、足にカズラ（つる性の植物）を巻きつけて飛び降りさせるとか、幅5メートルの深い崖を飛び越えさせるとか、1週間山の中を食事なしに走り回らせるといった儀式によって、共同体の成人資格要員としての資格審査をするのです。また、昔は村の長老に処

女を捧げるという風習があるところもあったそうです。それによって、女性は一人前の女として認められるわけですね。

男性にとっても女性にとっても、いつ誰と童貞を捨てるか、処女を捧げるか失うかは人生で大きな儀式、ポイントになります。

結婚するまではＳＥＸはしない、というのも立派な生き方です。

まあ、人それぞれですが……。

とにかく、初体験というのは男女問わず、人生で大きな儀式、ポイントなのです。

これは、個人を鍛えるという面もあるのですが、外敵から部族を守るという崇高な目的のためにこういうことをするわけで、こうして人は社会、その特定の目的を持った共同体の一員になるわけです。だから、儀式の途中でワーンと泣き出した男の子は、一生の恥となって結婚もできなくなる可能性もあるのです。こういったことが、共同体参入儀礼です。

日本の企業では研修と称して、極限まで追い込むような「地獄の特訓」が行われることもありました。冷水の中に飛び込み、みそぎをして怒鳴られたり、毎朝、愛社精神高揚の歌を歌わせたり、創業者の遺訓を暗誦させられたり……。これはすべて、共同体参入、人が社会的存在であることの証明として行われていたんですね。

こういった儀式によって試練を乗り越えることが、その後の人生に影響を及ぼします。

人は一人では生きていけないのです。

これが、人間です。

仏教から考える

人間とは何か?

実は仏教は、「人間とは何か」について考え抜いた宗教とも言えるのです。

人間とは何か?

あなたの手が人間か? あなたの足が人間か? あなたの顔が人間か? あなたの脳が人間か?

違いますよね?

仏教では人間を「五蘊(ごうん)」、つまり、色、行、識、想、受の五つの要素が集まったものと考えるそうです。

すなわち、

1、物質、肉体

2、心の向くところ

3、上の立場、下の立場など区別して知る意識
4、過去の記憶、未来への想いなど
5、生理的な感覚
などが、集まったものが、「人間」だそうです。

一般情報理論――喜劇、おかしみについて

我々を笑わせるものは何か?
我々を笑わせるものは、他人の欠点であり、弱点である。
すなわち、「人間的」なものである。
反対に、他人の長所、優れた点というものは面白くないものである。

他人の「欠点」「弱点」をうまく描くことこそ、芸術の本質であると言っても良い。

昔、ある代議士が「あんたには、妾（めかけ）が3人もいるんだってな」と突っ込まれた時、「いや、3人じゃなくて5人だ」と答えたそうです。続けて、「だけれども、彼女らは、一生面倒を見るつもりだ」と言って、当選したそうです。

ここでは、短所がうまく描かれていて、なんともおかしくはありませんか？

人の欠点をうまく描くことこそ、芸術の本質です。

ただ、難しいのは、差別的表現と受け取られる場合が出てくるであろう、ということであります。

やはり、欠点を指摘されるのは嫌だと思う人も多いと思います。

だから、作者には、微妙なバランスをとる、芸術的な力量が必要となってきます。

一般情報理論――価値はどこから生まれるか

世界は出来上がった諸物の複合体ではなく、過程の産物である。
労働に価値はない。対象化された労働に価値がある。

――労働価値説（マルクス）

これは、あなたが庭で草むしりをしても、お金にはならないということです。資格にしても、持っているだけではダメで、例えば看護師は病院に行って働かなければお金にはなりません。これが、労働には価値はないという意味なのです。

さて、労働に価値はないが、対象化された労働に価値があるとはどういうことでしょうか。

人間自体は、平安時代、室町時代、江戸時代、昔から変わっていません。

では、21世紀の、今日の私たちは何が違うのかというと、過去の人類の英知が残されていて、学ぶことができるということなのです。

例えば、小学生が絵を描いたとしましょう。

お金になるでしょうか？

なりません。

日本における、チェーンストア理論を構築した渥美俊一氏は、思いつきの経営や芸術を評して「イヌネコ（犬猫）文明」と呼びました。

本を読まない作家はいませんし、数字を知らない建築家はいないのです。

芸術においてもピカソなどは、「優れたアーティストは真似る。偉大なアーティストは盗む」と言っています。

アップルのスティーブ・ジョブズも「素晴らしいアイデアがあれば、我々はいつだって堂々と盗んできた」と言っています。

とにかく、過去の事象から学ぶことが重要なのです。

過去の知識を身につけた上でする労働が、「対象化された労働」です。

どうも芸術では軽視されることも多いようですが、それでは何の進歩もない芸術、サルの落書きです。

ですから、例えば、漫画家になろうとするなら、有名キャラクターを擁するアメリカのカートゥーン、手塚治虫、鳥山明などの絵は、何百回も書いて身につけるのは漫画家としては最低ラインではないでしょうか？

でなければ、彼らの時より、漫画の絵の水準は退歩してしまいます。基本的には模倣を通して学び、その上で独創に至っていくのが正しい道です。

実際、芸術家なんて言われていても、実際は、サルの落書き、イヌネコ文明の人というのが、ほとんどではありませんか？　いや、こんなこと言ったら失礼ですけど。いや、失礼。

世界観——弁証法

映画を作るにせよ、ドラマや漫画を作るにせよ、世界観というのは問題になってきます。

世界観には主に二つあります。

観念論と唯物論です。

精神こそ根本的な存在であって、物質というものはその産物であるとする世界観を、哲学では観念論と呼んでいます。

これに対して、世界は永遠の昔から存在したものであって、人間のいない時代にも世界は存在していた。そして常に物質的に統一されており、物質こそ永遠的な存在である。精神は生物の発生以後においてはじめてあらわれた存在であり、物質の一定のあり方において生み出されたものである――という世界観を唯物論と言います。

ただ、この二つの世界観の区別も、他の物事のように相対的であって、固定した絶対的な境界線はありません。すなわち、観念論は唯物論に、唯物論は観念論に、互いに移行し合うものです。

弁証法の法則

1、本質は現象する

2、世界は過程の産物であり矛盾の産物である
3、対立物の相互浸透
4、量から質への転化の法則
5、下部構造が上部構造を決定するということ
6、否定の否定

弁証法による研究というのは、世界における、矛盾の研究です。

ヘーゲルによれば、矛盾というのは思惟の中にだけあるものではなく、この世界には客観的矛盾が存在し、それはあらゆる自己運動の原理だと言います。この矛盾の研究により社会を分析したのが、小室直樹氏の『ソビエト帝国の崩壊』という本です。いい本なので、読まれるといいと思います。

弁証法については、三浦つとむ氏の『弁証法はどういう科学か』という本が、

名著です。ここでは、あまり詳しく弁証法の解説はしません。

現代の生活は、法律と簿記によって規定されており、毎日の金銭のやり取りを通して、昔の人に比べれば非常に合理的な生活を送るようになっています。宗教とかオカルトは後退しています。

どのような世界をつくるか？

自由です。

扇動の技術・組織の動かし方――情報論

扇動とは何でしょうか？

扇動は何かの拍子に、何かが口火となって、偶発的に人がワッと動き出すように見えるが、実際、そうではないのです。

扇動には扇動の原則があり扇動の方法論があって、この通りにしさえすれば、誰でも命令なくして人を動かし、時には死地にも飛び込ますことができる――これは非常に恐ろしい力を持つ誘導術なのです。

原則は非常に簡単で、まず一種の集団ヒステリーを起こさせ、そのヒステリーで人の思考を停止させ、同時にそのヒステリーが「ある対象」に向かうように誘導するのです。

ただし、これは、組織の動かし方でもあります。

事実↓事実↓問いかけ（…じゃないでしょうか？／このことについて考えてみましょう。／そう見えてもそうなのでしょうか？）↓事実↓事実↓問いかけ↓事実……

これが扇動、日本型組織に対する命令の方法なのです。

ん？　事実を述べることが扇動？

そう思われる人もいると思いますが、これは、

1、編集の詐術

2、問いかけの詐術

3、一体感の詐術

であります。

まず事実を示します。

そして、事実、事実、事実でつないでいきます。

全て、一点の疑いもない事実であり、誰もこれを否定できません。ところが、

これが実は「トリック」なのです。

実際の現実世界は複雑です。

例えば、戦前の日本軍……立派な事実だけの情報を流せば神軍になるでしょうし、悲惨な事実だけを繋げて流せば、反戦プロパガンダになります。

日本のテレビでは、どうも戦争で日本軍の強さとか良かったことは一切流さないようです。もしかしたら美談もあったのかもしれませんが、流しません。悲惨な事実だけ放映します。アメリカと同盟を結んでいるせいかもしれませんが、日本人がもう戦争は嫌だと思う気持ちのせいかもしれません。まあ、それを反日的だという人もいるようですが……これを「アントニーの原則」と言います。

この原則（方法論）は、シェイクスピアの『ジュリアス・シーザー』に示されています。

独裁者ジュリアス・シーザーが暗殺された後、敬愛するシーザーを殺されたアントニーは演説で市民を蜂起させ、その暗殺者たちを殺すというくだりがあります。アントニーは聴衆に以下のようなことを問いかけます。

シーザーに野心があったでしょうか？

シーザーに私利私欲があったでしょうか？

シーザーは遺言で、自分の財産をローマ市民に寄付すると……

このように、目前の事実の間を事実、事実、事実と繋ぎ、その間を絶えず「……でしょうか？……でありましょうか？……このことを考えてみましょう。……たとえよく見えても……ではないでしょうか？」という言葉で繋ぐのです。その際、決して自分の意見や主張を述べることなく、静かに遠慮深く問いかけるのです。

そして、敵は決めつけやレッテル貼りなどの方法を使って黙らせます。

これをやっているうちに、しだいしだいに群衆のヒステリー状態は高まっていき、ついに臨界点に達し、連鎖反応を起こして爆発するのです。

「やっちまえー！　ぶら下げろー！　土下座させろー！　絞首台に引っ立てろー！　首を斬れー！　突っ込めー！　ワー！」

もちろん、悪用してはいけません。

なお、ジュリアス・シーザー自身のかくかくたる大勝利も、卓絶した政治力も、雄弁も文章力も情報操作能力はもちろん、戦役圧勝の報告として元老院に送った「来た、見た、勝った」の名文は、いまだに欧米人の人口に膾炙(かいしゃ)しているほどです。

以下に、ジュリアス・シーザーの「アントニーの演説」についてまとめました。ここから扇動の方法を学びましょう。

*

シーザーの野望を実現することはできなかった。シーザーの賛美者、追従者が、シーザーの像に王冠を被せるたびに、ローマの護民官はこれを除去してまわった。シーザーにして、終生ローマの王になることはできなかった。シーザーは、その野望ゆえに、ついに元老院において弑逆(しいぎゃく)される。強力このうえない独裁者といえども、ついに自由な共和国を簒奪（さんだつ）することはできなかったのである。

アントニーは、シーザーの死体を前に演説する。

シェイクスピアは、これを、目のあたりにしたがごとく生々しく再現している。

「われがここに来れるはシーザーを葬るためにして、彼の功績を讃えんためにあらず。悪業は死後も残るものなれど、偉大なる人物がなせる功業は、その死とともに葬り去られる……」

この名文句で始まるアントニーの大演説は、今なお欧米教養人の好んで朗誦するところである。

アントニーは次のように言った。

「シーザーは独裁者として悪の限りを尽くした。今、諸君はそう思っている。だが、果たしてそうだったろうか？

逆にシーザーはどれほどローマのために尽くしただろうか。

諸君はもう忘れてしまったのか！

何という忘恩な所業をローマ人はやったのか！」

シーザーがローマ市民の幸福のためにいかに心を砕いたか、彼らの福祉のためにどれほど尽くしたか、ローマの敵を撃滅するのにその功績がいかに偉大であったか、アントニーは一つ一つ例を挙げて説き進んだ。ローマの民衆は、心の底からゆり動かされた。

アントニーは、このシーザーを、弑逆者どもが元老院においていかにして殺したか、見てきたように活写した。

ただ一人寸鉄も帯びないジュリアス・シーザーを、多数の弑逆者どもは、みなみな手に手に剣を持って刺し殺そうとした。勇敢なシーザーは、ただ一本のペンをもって抗戦していたが、彼を殺さんとするものの中にブルータスの顔を見つけた。

「ブルータス、お前もか」

さしものシーザーも、闘う気力を失って突っ伏してしまった。

「ブルータスの剣はシーザーの血で塗られた」

アントニーがこう叫んだ時、民衆は熱狂の坩堝(るつぼ)と化した。忘恩なる暗殺者に対する憤激は沖天の勢いで爆発した。

民衆は、手に手にたいまつを持ってシーザーを殺したローマの敵、たった今まで自分たちが熱狂的に支持していた人物たちの屋敷を目指して、怒涛のごとく押しかけていった。

そして、ローマはシーザーのものになった――。

＊

まあ、扇動の方法と言いましたが、結局事実ほど強いものはないのです。
「歴史の永遠の法廷」は、正しい裁きを下していくでしょう。
いくら情報操作をしても、事実、真実は残っていくものだからです。

おわりに

この一般情報理論は困難の中で生まれました。

困難ではありましたが、日本国憲法第21条には「集会、結社及び言論、出版その他一切の表現の自由は、これを保障する」とあり、第19条には「思想及び良心の自由は、これを侵してはならない」とあります。

また、第20条には「信教の自由は、何人に対してもこれを保障する」とあります。

ゆえに、一切の出版、言論の自由は保証されています。

聖書には「神は、すべての人が救われて、真理を認識するようになることを望んでおられます」（テモテへの手紙一　2章4節　聖書協会共同訳）とあります。

ジャン・カルヴァンは『キリスト教綱要』において、神の知られざる計画とは、「すべての人を救うこと」だと述べています。

日本国憲法前文には、「日本国民は、恒久の平和を念願し、人間相互の関係を支配する崇高な理想を深く自覚するのであって、平和を愛する諸国民の公正と信義に信頼して、われらの安全と生存を保持しようと決意した。われらは、平和を維持し、専制と隷従、圧迫と偏狭を地上から永遠に除去しようと努めている国際社会において、名誉ある地位を占めたいと思う。われらは、全世界の国民が、ひとしく恐怖と欠乏から免れ、平和のうちに生存する権利を有することを確認する。」とあります。

できるなら、この一般情報理論が、人類を潤す一助となる著書になればと、願ってやみません。

主な参考文献

畑正憲『ムツゴロウ麻雀物語』角川書店　１９８４年
橘玲『事実VS本能　目を背けたいファクトにも理由がある』集英社　２０１９年
シェイクスピア『ジュリアス・シーザー』
鳥山明　さくまあきら『鳥山明のヘタッピマンガ研究所　あなたも漫画家になれる！　かもしれないの巻』集英社　１９８５年
小室直樹『数学を使わない数学の講義』ワック　２０１８年
山本七平『ある異常体験者の偏見』さくら舎　２０２４年

著者プロフィール
河原　吉人（かわはら　よしひと）
1967年生まれ、大学卒。

一般情報理論
エンタメの奥義、漫画家になる方法、売れる映画、ドラマ、漫画、小説の作り方

2025年４月15日　初版第１刷発行

著　者　河原　吉人
発行者　瓜谷　綱延
発行所　株式会社文芸社
〒160-0022　東京都新宿区新宿1－10－1
電話　03-5369-3060（代表）
03-5369-2299（販売）

印刷所　TOPPANクロレ株式会社

ISBN978-4-286-26406-6